Hermann Rieke-Benninghaus

SCHÖN BIST DU

Hermann Rieke-Benninghaus hat das Lied der Lieder übertragen. Gedanken von Bernhard von Clairvaux aus Predigten über das Hohelied begleiten den Leser.

Hermann Rieke-Benninghaus, geboren 1951, studierte Pädagogik, Germanistik, Philosophie und Theologie in Osnabrück, Frankfurt und Münster. Er ist verheiratet mit Irmgard Benninghaus, hat drei Kinder und wohnt in Dinklage.

SCHÖN BIST DU

DAS LIED DER LIEDER

übertragen von

Hermann Rieke-Benninghaus

Bibliografische Information der Deutschen Nationalbibliothek:
Die Deutsche Nationalbibliothek verzeichnet diese Publikation in der Deutschen National-bibliografie; detaillierte bibliografische Daten sind im Internet über www.dnb.de abrufbar.

© 2014 Hermann Rieke-Benninghaus

Herstellung und Verlag:
BoD – Books on Demand, Norderstedt

ISBN 978-3-7357-6169-9

Inhalt

Einstimmung 7

Kapitel 1 8

Aufklang 10

Kapitel 2 11

Zwischengesang 13

Kapitel 3 14

Kapitel 4 16

Stimmen 18

Kapitel 5 19

Einklang 21

Kapitel 6 22

Hymne 24

Kapitel 7 25

Zusammenklang 27

Kapitel 8 28

Nachklang 30

Einstimmung

„Mein Geliebter ist mein, und ich bin sein"
(Hld 2,16).
Nichts folgt weiter; keine weitere Ausführung. Was heißt das? Es ist ein spontaner Ausbruch. Was suchst du in einem solchen jähen Ausbruch logische Wortverbindungen, feierliche Sätze? Von welchen Gesetzen oder Regeln läßt du deinen spontanen Ausbruch fesseln? Er entzieht sich deinem mäßigenden Zugriff, er erwartet von dir keine geschickte Anordnung, er fragt nicht danach, ob er gelegen kommt und den rechten Eindruck macht. Er bricht, wann er will, aus deinem Innersten hervor und fragt nicht danach, ob du einverstanden bist, ja nicht einmal, ob du es vorher weißt; er reißt sich selbst los und läßt sich nicht schicken.

Bernhard von Clairvaux
67. Predigt über das Hohelied

Kapitel 1

1 Das Lied der Lieder, von Salomon.
2 Ich sehne mich nach den Küssen deines Mundes, denn deine Küsse sind süßer als Wein.
3 Köstlich duften deine Salben; dein Name ist wie ausgegossenes Salböl. Darum haben dich die Mädchen so lieb.
4 Zieh mich hinter dir her, laß uns eilen! Zieh mich, König, in deine Gemächer! Jubeln laß uns und uns deiner erfreuen, wollen deine Liebe mehr preisen als Wein! Mit Recht lieben sie dich.
5 Schwarz bin ich, aber doch schön, ihr Töchter Jerusalems, wie die Zelte Kedars, wie die Zeltdecken Salmas.
6 Schaut mich nicht an, weil ich gebräunt bin. Die Sonne hat mich verbrannt. Meiner Mutter Söhne zürnten mir, sie machten mich zur Hüterin anderer Weinberge. Aber meinen eigenen Weinberg habe ich nicht hüten können.
7 Sag mir doch, du, den meine Seele liebt: wo weidest du? Wo lagerst du am Mittag? Warum soll ich dich wie eine Verirrte bei den Herden deiner Gefährten suchen?
8 Weißt du es nicht, du schönste unter den Frauen? Geh den Herden nach und weide deine Zicklein bei den Zelten der Hirten.
9 Den Stuten vor dem Festwagen des Pharao vergleiche ich dich, meine Freundin.
10 Reizend sind deine Wangen im Schmuck der Ketten, dein Hals mit der Perlenschnur.
11 Goldene Ketten mit kleinen Kugeln aus Silber dran wollen wir dir machen.

12 Solange der König an der Tafel ruht, spendet meine Narde ihren Duft.
13 Mein Geliebter ist mir wie ein Myrrhensträußchen, das zwischen meinen Brüsten ruht.
14 Eine Zyperntraube ist mir mein Geliebter aus den Weinbergen von Engedi.
15 Schön bist du, meine Freundin, ja, du bist schön! Deine Augen sind wie Tauben.
16 Schön bist du, mein Geliebter, ja, holdselig! Siehe, unser Lager ist frisches Grün.
17 Zedern sind die Balken unseres Hauses, Zypressen unser Getäfel.

Aufklang

Die lautere Liebe begehrt den, den sie liebt, nicht irgendetwas anderes von ihm. Sie liebt glühend, und sie ist in ihrem Lieben so trunken, daß sie den hohen Rang des Geliebten völlig übersieht.

Bernhard von Clairvaux
7. Predigt über das Hohelied

Kapitel 2

1 Ich bin eine rote Wiesenblume, wie eine Lilie der Täler.
2 Wie eine Lilie im Vergleich zu den Disteln, so ist meine Freundin unter den Mädchen.
3 Wie ein Apfelbaum unter den Bäumen des Waldes, so ist mein Geliebter unter den Söhnen. In seinem Schatten will ich sitzen, mein Mund hat Lust an seinen Früchten.
4 In ein Weinhaus bringt er mich, es geschieht unter dem Banner der Liebe.
5 Stärkt mich mit Traubenkuchen, erquickt mich mit Äpfeln, denn krank bin ich vor Liebe.
6 Er lege seine Linke unter meinen Kopf und umarme mich mit seiner Rechten.
7 Ich beschwöre euch, Töchter Jerusalems, bei den Gazellen oder bei den Hinden des Feldes: Wecket nicht auf! Stört die Liebe nicht, bevor es ihr selber gefällt.
8 Horch! Mein Geliebter! Da kommt er! Er springt über die Berge, er hüpft über die Hügel.
9 Einer Gazelle gleicht mein Geliebter oder dem jungen Hirsch. Siehe, da steht er vor unserem Haus, er schaut durch das Fenster, blickt durch das Gitter.
10 Mein Geliebter hebt seine Stimme und ruft mir zu: Steh auf, meine Freundin, meine Schöne, und komm!
11 Sieh nur: Der Winter ist vorüber, die Regenzeit ist vorbei.

12 Die Blumen zeigen sich auf Erden, die Zeit zum Beschneiden der Reben ist da. Es ist die Zeit zum Singen. die Zeit zum Beschneiden der Reben ist da. Das Gurren der Turteltaube läßt sich im Land hören.
13 Am Feigenbaum röten sich die ersten Früchte und die blühenden Reben duften zart. Steh auf, meine Freundin, meine Schönste, und komm.
14 Mein Täubchen in dem Felsengeklüft, im Versteck der Felswand, laß mich deine Gestalt sehen, laß mich deine Stimme hören, denn süß singst du, und lieblich ist deine Gestalt.
15 Fangt uns die Füchse, die kleinen Füchse, die unsere Weinberge verderben. Unsere Reben stehen in Blüte.
16 Mein Geliebter ist mein, und ich bin sein; bei den Lilien soll er weiden.
17 Wenn der Abendwind haucht und die Schatten fliehen, dann streife, du Geliebter, dem Reh vergleichbar oder dem jungen Hirsch umher auf den zerklüfteten Bergen.

Zwischengesang

„Mein Geliebter ist mein, und ich bin sein" (Hld 2,16), sagt die Braut. Nicht mehr? Ihre Rede bleibt in der Schwebe; oder besser: sie setzt aus. Auch der Hörer bleibt in der Schwebe; er bekommt nichts mitgeteilt, sondern horcht auf.
Was bedeutet das, daß sie sagt: „Er ist mein, und ich bin sein"?
Wir wissen nicht, was sie sagt (Joh 16,18), weil wir nicht empfinden, was sie empfindet.
O heilige Seele, was bedeutet das: der Deine sei dein, und du seist sein? Sag mir doch bitte, was bedeutet dieses zärtliche Hin und Her von Vertrauen und Anvertrautwerden? Er ist dein, und du bist sein. Er ist dein was? Bist du ihm das gleiche, was er dir ist, oder etwas anderes? Wenn du zu uns sprichst und von uns verstanden werden möchtest, dann sag doch bitte klar und deutlich, was du meinst (Joh 10,24).

Oder gehört, wie der Prophet sagt, dein Geheimnis dir (Jes 24,16)?

Bernhard von Clairvaux
67. Predigt über das Hohelied

Kapitel 3

1 Auf meinem Lager zur Nacht suchte ich ihn, den meine Seele liebt Ich suchte ihn und fand ihn nicht.
2 Laß mich aufstehen und die Stadt durchstreifen, auf den Straßen und Plätzen; ich will ihn suchen, den meine Seele liebt. Ich suchte ihn, doch ich fand ihn nicht.
3 Da fanden mich die Wächter, die in der Stadt umhergehen: Habt ihr ihn gesehen, den meine Seele liebt?
4 Kaum war ich an ihnen vorbei, da fand ich ihn, den meine Seele liebt. Ich packte ihn und ließ ihn nicht mehr los, bis ich ihn in das Haus meiner Mutter gebracht hatte, in das Gemach derer, die mich geboren hat.
5 Ich beschwöre euch, ihr Töchter Jerusalems, bei den Gazellen und bei den Hindinnen des Feldes: Weckt nicht auf, stört nicht auf die Liebe, bis es ihr selber gefällt.
6 Was ist das, was da heraufkommt aus der Wüste, Rauchsäulen gleich, umgeben vom Duft von Weihrauch und Myrrhe, von allerlei Gewürzpulver des Händlers?
7 Sieh da, das ist die Sänfte Salomons, rings um sie sechzig Helden aus den Helden Israels.
8 Sie alle bewaffnet mit dem Schwert, jeder kampferprobt und mit seinem Schwert an der Seite gegen die Schrecken der Nacht.
9 Der König Salomo ließ sich diesen Tragsessel machen aus Holz vom Libanon.
10 Die Säulen aus Silber, die Lehne aus Gold, der Sitz aus rotem Purpur. Das Innere ausgelegt mit Ebenholz.

11 Ihr Töchter Jerusalems, kommt heraus, ihr Töchter Zions, schaut euch den König Salomo in der Krone, mit der seine Mutter ihn gekrönt hat am Tag seiner Hochzeit, am Tag seiner Herzensfreude.

Kapitel 4

1 Schön bist du, meine Freundin, ja, du bist schön. Deine Augen sind wie Tauben hinter deinem Schleier. Dein Haar gleicht einer Ziegenherde, die vom Bergland Gilead herabwallt.

2 Deine Zähne gleichen einer Herde von Schafen, die frischgeschoren aus der Schwemme kommen, allesamt tragen sie Zwillinge und keins von ihnen ist unfruchtbar.

3 Deine Lippen sind wie eine Purpurschnur und lieblich ist dein Mund; wie Hälften des Granatapfels schimmern deine Schläfen hinter deinem Schleier.

4 Dein Hals ragt wie der Turm Davids, zur Fernsicht gebaut: tausend Schilde hängen an ihm, alles Waffen von Helden.

5 Deine Brüste gleichen einem Zwillingspaar junger Gazellen, die zwischen den Lilien weiden.

6 Bis der Abendwind haucht und die Schatten entfliehen, will ich zum Myrrhenberg gehen und zum Weihrauchhügel.

7 Wunderschön bist du, meine Freundin und kein Makel ist an dir.

8 Komm mit mir vom Libanon, meine Braut, komm mit mir vom Libanon! Steig herab von den Gipfeln des Amana, vom Gipfel des Senir und Hermon, von den Höhlen der Löwen und von den Bergen der Panther.

9 Du hast mir das Herz geraubt, meine Braut, ja, mit einem einzigen Blick hast du mir das Herz geraubt, mit einem einzigen Kettchen von deinem Halsschmuck.

10 Wie schön ist deine Liebe, meine Schwester, meine Braut, viel köstlicher als Wein ist deine Liebe, der Duft deiner Salben übertrifft alle Wohlgerüche.
11 Wabenhonig träufeln deine Lippen, meine Braut, Honig und Milch birgst du unter deiner Zunge, und der Duft deiner Gewänder ist wie der Duft des Libanons!
12 Ein wohlverschlossener Garten ist meine Schwester, meine Braut, ein verschlossener Born, eine versiegelte Quelle.
13 Alles, was an dir sprosst, ist ein Paradies von Granaten mit den herrlichsten Früchten, Zypernblumen samt Narden,
14 Narde und Safran, Kalmus und Zimt samt allerlei Weihrauchbäumen, Myrrhe und Aloe und den edelsten Balsamgewächsen.
15 Eine Quelle im Garten bist du, ein Brunnen lebendigen Wassers und ein Naß, das vom Libanon strömt.
16 Erwache, du Nordwind, und komm, du Südwind! Durchwehe meinen Garten, daß seine Balsamöle fließen!
Mein Geliebter komme in seinen Garten und genieße seine köstliche Frucht!

Stimmen

Die Empfindungen des Herzens haben ihre eigenen Stimmen. Sie verraten sich durch diese Stimmen, auch wenn sie es gar nicht wollen. So verrät zum Beispiel die Furcht, daß das Herz verängstigt ist, der Schmerz, daß es leidet, die Liebe, daß es froh ist. Wenn ein Leidender weint, ein Trauriger schluchzt, ein Verwundeter stöhnt, und wenn Menschen in Angst plötzlich losschreien: dann ist das nicht eine Sache der Gewohnheit; nicht die Vernunft löst das aus, nicht eine kluge Überlegung ordnet das an; das ist nicht das Ergebnis vorherigen gründlichen Erwägens. Nein, so etwas geschieht nicht auf Geheiß des Verstandes, sondern es bricht aus spontaner Erregung hervor.

Bernhard von Clairvaux
67. Predigt über das Hohelied

Kapitel 5

1 So komme ich in meinen Garten, meine Schwester, meine Braut. Ich pflücke meine Myrrhe samt meinem Balsam, ich esse meine Wabe samt meinem Honig, ich trinke meinen Wein samt meiner Milch. Eßt, meine Freunde, trinkt und berauscht euch an der Liebe.
2 Ich schlief, doch mein Herz war wach. Da horch! Da klopft mein Geliebter: Mach mir auf, meine Schwester, meine Freundin, mach auf, du Makellose. Mein Kopf ist voll Tau, meine Locken voll von Tropfen der Nacht
3 Ich hab mein Kleid schon ausgezogen, wie sollte ich es wieder anziehen? Ich habe meine Füße gewaschen, wie sollte ich sie wieder beschmutzen?
4 Aber mein Geliebter streckte seine Hand durch das Guckloch der Tür und mein Herz wallte mir auf seinetwegen.
5 Ich stand auf, dem Geliebten zu öffnen. Als meine Finger den Riegel berührten, da tropfte Myrrhe mir von der Hand.
6 Ich öffnete meinem Geliebten, doch mein Geliebter war fortgegangen, war verschwunden. Ich war außer mir, er war weg. Ich suchte ihn, doch ich fand ihn nicht. Ich rief ihn, doch er antwortete nicht.
7 Da fanden mich die Wächter, die in der Stadt umhergehen. Sie schlugen mich, verletzten mich, sie entrissen mir den Umhang, die Wächter der Stadtmauer.
8 Ich beschwöre euch, Töchter Jerusalems, wenn ihr meinen Geliebten seht, was sollt ihr ihm sagen? Daß ich krank vor Liebe bin.

9 Was hat dein Geliebter denn anderen Geliebten voraus, du schönste der Frauen? Was hat dein Geliebter denn vor einem anderen Geliebten voraus, daß du uns so beschwörst?
10 Mein Liebster, er ist blendend weiß und rot, aus Zehntausenden hervorragend.
11 Sein Haupt ist reines Feingold, seine Locken sind Dattelrispen, schwarz wie die Raben.
12 Seine Augen gleichen Tauben an Wasserbächen, seine Zähne in Milch gebadet, festsitzend in der Fassung.
13 Seine Backen sind wie Balsambeete, worauf Würzkräuter sprießen; seine Lippen sind wie Lilien, triefend von feinster Myrrhe.
14 Seine Arme sind goldene Walzen, mit Türkis besetzt; sein Leib ein Kunstwerk aus Elfenbein, mit Saphiren bedeckt.
15 Schlanke Säulen sind seine Schenkel aus weißem Marmor, ruhend auf Sockeln von Feingold, seine Gestalt ist wie der Libanon, großartig wie die Zedern.
16 Sein Mund ist ganz Süßigkeit und alles an ihm lieblich. So ist mein Geliebter, ja, das ist mein Freund, ihr Töchter Jerusalems!

Einklang

Wie einer, der nicht Griechisch kann, einen Griechisch Sprechenden nicht versteht, und wie einer, der kein Lateiner ist, einen Lateinisch Sprechenden nicht versteht, so bleibt auch die Sprache der Liebe für den, der nicht liebt, eine unverständliche Fremdsprache. Doch die, welche vom Geist die Gabe des Liebens erhalten haben, verstehen, was der Geist spricht; sie kennen sich bestens in den Redewendungen der Liebe aus und können unverzüglich in der gleichen Sprache antworten, das heißt, mit der Glut ihrer Liebe und mit Taten des Dienstes für andere.

Bernhard von Clairvaux
59. Predigt über das Hohelied

Kapitel 6

1 Wohin ging dein Geliebter denn, du Schönste der Frauen? Wohin hat sich dein Geliebter gewandt? Wir wollen ihn mit dir suchen.

2 Mein Geliebter ging in seinen Garten hinab, zu den Balsambeeten, um in den Gärten sich zu ergehen und Lilien zu pflücken.

3 Ich gehöre meinem Liebsten, mein Liebster, er ist mein, der in den Lilien weidet.

4 Schön bist du, meine Freundin, wie Tirza, lieblich wie Jerusalem, furchtgebietend wie Heerscharen.

5 Wende deine Augen von mir, denn sie verwirren mich. Dein Haar ist wie eine Ziegenherde, die vom Bergland Gilead herunterhüpft.

6 Deine Zähne gleichen einer Herde Mutterschafe, die aus der Schwemme steigt, jeder Zahn hat seinen Zwilling, keinem von ihnen fehlt er.

7 Wie eine Scheibe eines Granatapfels schimmert deine Schläfe hinter deinem Schleier hervor.

8 Sind es auch sechzig Königinnen, achtzig Nebenfrauen und Mädchen ohne Zahl,

9 so ist nur eine meine Taube, meine Makellose; die einzige Tochter ihrer Mutter, deren Stolz sie ist. Wenn die Mädchen sie sehen, dann wird sie gepriesen, Königinnen und die Nebenfrauen rühmen sie:

10 Wer ist sie, die hervorglänzt wie das Morgenrot, schön wie der Mond, klar wie die Sonne, furchtgebietend wie Kriegerscharen?

11 Zum Nußgarten ging ich hinab, um die grünen Triebe des Tales zu betrachten, um zu sehen, ob der Weinstock ausgeschlagen, ob die Granatäpfel blühen.
12 Da zog mich –gänzlich unvermutet– mein Verlangen auf die Prachtwagen meines edlen Volkes.

Hymne

O stürmische, heftige, lodernde, ungestüme Liebe! Du lässt nicht zu, daß man noch an etwas anderes als an dich denkt. Alles andere lässt du fade werden. Alles außer dir verschmähst du. Nur du selbst genügst dir selbst. Du wirbelst die Rangordnungen durcheinander, wirfst Brauch und Herkommen über den Haufen, hältst dich an kein Maß.

> Bernhard von Clairvaux
> 79. Predigt über das Hohelied

Kapitel 7

1 Dreh dich, dreh dich, Sulamit, dreh dich, dreh dich, damit wir dich sehen. Was wollt ihr sehen an Sulamit beim Tanze? Den Lager-Tanz!
2 Wie schön deine Schritte sind in den Sandalen, du Tochter eines Fürsten! Die Wölbungen deiner Hüften sind wie ein Halsgeschmeide, von Künstlerhand gemacht.
3 Dein Schoß ist wie eine runde Schale, an würzigem Wein fehlt es ihm nicht. Dein Leib ist ein Weizenhaufen umsäumt mit Lilien.
4 Deine beiden Brüste gleichen zwei Rehlein, Zwillingen einer Gazelle.
5 Dein Hals ist ein Turm aus Elfenbein, deine Augen sind wie die Teiche von Hesbon an dem Tor von Bat-Rabbim, deine Nase ist wie der Libanonturm, der nach Damaskus schaut.
6 Dein Haupt ist wie der Berg Karmel, und dein herabwallendes Haar wie Purpur. Ein König liegt in seinen Locken gefangen.
7 Wie schön bist du und wie lieblich, o Liebe voller Wonnen.
8 Dein Wuchs ist so, daß er der Palme gleicht und deine Brüste den Trauben.
9 Ich sagte mir: Erklimmen will ich die Palme, greifen will ich ihre Rispen, dann werden deine Brüste mir sein wie die Trauben am Weinstock und der Duft deines Atems wie Apfelduft,
10 und dein Gaumen wie köstlicher Wein, der dem Geliebten süß eingeht, der sanft über die Lippen und Zähne hingleitet.
11 Ich gehöre meinem Geliebten, und nach mir steht sein Verlangen.

12 Komm, mein Geliebter, laß uns aufs Land hinausgehen, in den Dörfern bleiben zur Nacht.
13 Früh wollen wir zu den Weinbergen aufbrechen, wollen schauen, ob der Weinstock treibt, ob die Rebenblüte sich öffnet, ob die Granatapfelbäume blühen. Dort will ich dir meine Liebe schenken.
14 Die Liebesäpfel duften süß, und über unserer Tür sind allerlei köstliche Früchte, frische und die vom Vorjahr: für dich, mein Geliebter, habe ich sie aufbewahrt.

Zusammenklang

Die Liebe genügt sich selbst, hat an sich selbst um ihrer selbst willen Gefallen. Sie ist für sich selbst Verdienst, ist ihr eigener Lohn. Die Liebe sucht keinen Grund, keine Frucht außerhalb ihrer selbst: Wer die Liebe verwirklicht, der erntet im Verwirklichen ihre Frucht. Ich liebe, weil ich liebe; ich liebe, um zu lieben.

Bernhard von Clairvaux
83. Predigt über das Hohelied

Kapitel 8

1 Ach, wärest du doch mein Bruder, hättest meiner Mutter Brust gesogen! Träf ich dich dann draußen, dürfte ich dich küssen, ohne daß jemand mich deshalb verachtete.

2 Ich führte dich ins Haus meiner Mutter, die mich erzog, ich gäbe dir Würzwein zu trinken, vom Most meiner Granatäpfel.

3 Seine Linke läge unter meinem Kopf, seine Rechte umfänge mich.

4 Ich beschwör euch, ihr Töchter Jerusalems: was wollt ihr wecken, was aufstören die Liebe, bevor es ihr selber gefällt.

5 Wer ist sie, die da heraufkommt aus der Wüste, gestützt auf ihren Geliebten?

Unter dem Apfelbaum habe ich dich geweckt; dort empfing dich deine Mutter, die dich mit Schmerzen geboren hat.

6 Leg mich wie ein Siegel an dein Herz, wie ein Siegel an deinen Arm. Stark wie der Tod ist die Liebe, ihre Leidenschaft ist unbezwinglich wie das Totenreich. Ihre Gluten sind Feuergluten, eine Flamme Gottes.

7 Mächtigste Wasser können nicht die Liebe auslöschen und Ströme schwemmen sie nicht fort.

Wenn einer alle Habe seines Hauses für die Liebe gäbe, so würde man ihn nur verachten.

8 Wir haben eine kleine Schwester, die noch keine Brüste hat. Was sollen wir mit unserer Schwester tun an dem Tag, da man um sie freit?

9 Ist sie eine Mauer, dann krönen wir sie mit silbernen Zinnen. Ist sie aber eine Türe, so versperren wir sie mit Balken aus Zedernholz.

10 Ich bin eine Mauer, und meine Brüste waren wie Türme. Nun wurde ich in seinen Augen wie eine, die Anklang gefunden hat.

11 Einen Weinberg hatte Salomo in Baal-Hamon; er übergab den Weinberg den Hütern. Jeder hätte für dessen Frucht tausend Silberstücke bezahlt.

12 Mein eigener Weinberg liegt vor mir. Die tausend Silberstücke gehören dir, Salomo, und zweihundert jenen, die seine Früchte hüten.

13 Die du in den Gärten wohnst, die Gefährten lauschen deiner Stimme. Laß mich deine Stimme hören!

14 Enteile, mein Geliebter, und mach es wie die Gazelle oder wie der junge Hirsch auf den Balsambergen!

Nachklang

„Mein Geliebter ist mein, und ich bin sein"
(Hld 2,16).

Zweifellos lodert an dieser Stelle die gegenseitige Liebe zweier Herzen; aber diese Liebe bedeutet für das eine Herz das höchste Glück, für das andere eine wunderbare Zuneigung. Denn dieser Einklang, diese Umarmung geschieht nicht zwischen zwei Gleichgestellten.
Wer könnte im übrigen mit Bestimmtheit von sich behaupten, er kenne das Geschenk der Liebe, dessen die Braut sich rühmt und das sie ihrerseits verschenkt? Das kann nur, wer verdient hat, etwas Ähnliches in seinem Herzen zu erfahren, indem er zu einer außerordentlichen Reinheit des Herzens und Heiligkeit des Leibes gelangt ist. Das Wesentliche erfährt man ja nur in der liebevollen Zuneigung; man kann nicht mit dem Verstand daran rühren, sondern nur durch ein Gleichförmigwerden.

Und so können nur wenige sagen: „Wir spiegeln mit enthülltem Antlitz die Herrlichkeit Gottes und werden in das gleiche Bild verwandelt, von Klarheit zu Klarheit, angeleitet vom Geist des Herrn"
(2 Kor 3,18).

Bernhard von Clairvaux
67. Predigt über das Hohelied